지는 것들의 이름 불러보면

이 도서의 국립중앙도서관 출판예정도서목록(CIP)은 서지정보유통지원시스템 홈페이지(http://seoji.nl.go.kr)와 국가자료종합목록 구축시스템(http://kolis−net.nl.go.kr)에서 이용하실 수 있습니다.

(CIP제어번호 : CIP2020019406)

J.H CLASSIC 051

지는 것들의 이름 불러보면

박주용 시집

지혜

시인의 말

장다리꽃 몇 송이 피었습니다.

이 땅의 속눈썹 습한 배추흰나비들에게
잔잔하나마 위안이 되는
그런 꽃이면
참, 좋겠습니다.

2020년 봄
박주용

차 례

시인의 말 ———————— 4

1부

붉은 수수 ———————— 12
참깨를 털며 ———————— 13
뻐꾸기가 정오의 문을 열 때 ———— 14
내 삶에 무꽃이 피었다 하여 텃밭에 나가보니 — 15
달의 화분 ———————— 16
꽃불 신호등 ———————— 18
꽃의 계절 ———————— 19
금낭화 ———————— 20
칸나 ———————— 21
묘목을 키우며 ———————— 22
압화전을 보며 ———————— 24
감꽃 ———————— 25
시월의 은행나무 ———————— 26
오동꽃 ———————— 27
꽃신 ———————— 28
나무 ———————— 29
감성의 집 ———————— 30

2부

묵묘 —————————— 32

작정한다는 것 —————— 33

동자승 ————————— 34

터널을 지나며 ————— 35

잠 —————————— 36

묵언 수행 ——————— 37

누군가를 부를 때 ———— 38

상생 ————————— 40

세상살이 ——————— 41

무릎을 굽다 —————— 42

개가죽나무 —————— 44

멍 —————————— 45

봄이 접히다 —————— 46

회개 ————————— 47

서랍을 열며 —————— 48

올빼미 ———————— 49

코끼리 둥구나무 ————— 50

3부

카푸치노 —————————— 54

사량도 —————————— 55

유월을 만나다 —————————— 56

만수산 횟집 —————————— 58

삼월 —————————— 61

덕종이 —————————— 62

지심도 —————————— 63

오타루에서 —————————— 64

황산벌에서 —————————— 66

사랑 · 1 —————————— 67

자전거를 타며 —————————— 68

사계 고택 —————————— 70

무상사 가는 길 —————————— 71

사랑 · 2 —————————— 72

짝사랑 —————————— 73

변기를 교체하며 —————————— 74

팥죽을 먹으며 —————————— 76

4부

쌍둥이 별자리 ——————————— 78

개화 · 1 ——————————— 79

나의 풍금씨 ——————————— 80

스크래치 ——————————— 82

개화 · 2 ——————————— 83

콩의 꿈 ——————————— 84

수목장 ——————————— 86

보내기 번트 ——————————— 87

빨래 풍경 ——————————— 88

할아버지와 누에 ——————————— 89

청산 장터 ——————————— 90

소래갯재 아이들에게 ——————————— 92

젓가락의 감정 ——————————— 96

어머니의 연못 ——————————— 98

시골집 ——————————— 100

고백 ——————————— 102

해설 • 목숨 있는 약한 것들에 대한
  애정과 연민 • 양애경 ——————————— 104

• 일러두기
  한 연이 첫 번째 행에서 시작될 때는 > 로 표시합니다.

1부

붉은 수수

수수가 낮술 기울여 붉다

붉은 것은 붉은 쪽으로 기울어 붉고 계절은 가을 쪽으로 기울어 붉다 바람에 여무는 수수도 경외는 스님처럼 합장하고 연신 허리 기울이는 것이어서 저절로 붉다

수수깡안경 쓰고 도수 없이 한 잔 기울여 보면 사는 게 뭐 별거냐며 하루해는 황소 불알로 축 늘어져 서산으로 붉고, 불알은 내게서도 잘그랑 잘그랑 실없이 붉다

기운 것은 모두 붉어 달도 허하게 붉다.

참깨를 털며

세상 벌리고 앉아 깨 털어 보면
막대기는 알리바바의 주문이라서
펼쳐놓은 원고지에는
깨알 같은 문장 쏟아져 내린다
무수히 떨어지는 상념의 알갱이들
후후 불어 쭉정이는 날려 보내고
천둥과 비바람 견뎌낸 실한 것들 모아
은은한 불에 달달 볶아 짜내어 보면
뽀얗게 흘러내리는 것은 슬픔 아니면 기쁨
마음 훔치다 들킨 세상의 도적들처럼
얼굴 붉어진 병뚜껑 열어 한 방울씩 쟁여놓았다가
동지섣달 스스로의 생각 지지는 일이거나
오뉴월 파릇한 감정 볶는 일에 써 보면 어떨까
그도 저도 아닌,
한 끼의 고소함도 되지 못한 일상의 깻묵들은
원고지 뒤편에 둥글게 발효시켜 놓았다가
세상 건져내는 낚싯밥으로 써 보면 어떨까
하루 털리어 땅거미 쏟아져 내리는 황혼 무렵
깨알 같은 시어 등에 지고,
집으로 향하는 발걸음에는
참기름의 고소함도 바싹, 뒤따른다.

뻐꾸기가 정오의 문을 열 때

시도 때도 없이 문이 열리는 것은 아니다

분주한 번개가 사납게 짖어대며 공중의 한복판 기록할 때 무당벌레가 풀잎 작두 타며 아슬아슬하게 도트무늬 사랑 나눌 때 장미여관의 꽃들이 은밀하게 엑스레이 찍다 거미줄에 딱 걸려 삼각관계 프랙탈 자백할 때 복숭아밭 서성이는 계집이 달아올라 표정이 복사뼈에 흥건하게 차오를 때 교회의 종소리도 시절이 하 수상하긴 마찬가지여서 달팽이관 한 접시가 최후의 오찬일 때 제 이름 스며든 당귀, 눈썹 습한 나귀, 냄새나는 방귀, 세상의 귀 가진 것들도 한곳으로 소리 모아 씨알 굵어졌을 때

뻐꾸기는 세상의 시각을 청각으로 전이시켜 문 여는 것인데, 정오의 꽃망울 터트리며 시침 떼는 것인데

시도, 때도 없이 문이 열리는 것은 아니다.

내 삶에 무꽃이 피었다 하여 텃밭에 나가보니

시퍼렇게 멍들어도 어쩔 거여 허옇게 살아야지

장다리꽃, 시리다.

달의 화분

개 짖는 소리 들리지
도둑고양이 몰래 숨어든 게야
까슬한 혀 날름거리며 입맛 다시는 것 좀 봐
네 보름도 한 방에 삼킬 기세야
언제부턴가 너의 나라에서는 전설이 사그라지고
계수나무도 점점 이지러지고 있어
저놈, 만만히 보면 큰일 나지
사타구니 좀 봐 암, 스트롱이고 말고
한 번 내딛기가 어렵지, 길 나면 걷잡을 수 없어
나사 단단히 옥죄어야 해
하기야, 네가 무슨 죄 있겠니
달맞이꽃 팬클럽 하나 가진 것밖에는
한여름 밤 열리는 콘서트 때마다
노랑 풍선 들고 환호하는 사랑꾼들
달빛으로 쓰담쓰담 다독여 준 것밖에는
달아, 달아, 내 사랑 달아, 떼창하며
반딧불로 푸른 신호 끊임없이 보내주는
네 팔로잉을 위해서라도
인스타그램 짧은 동영상으로도 하루가 가슴 벅찬
눈썹 고운 아미들을 위해서라도

저 도둑고양이 숨어들지 못하도록

너의 분화구에,

꽃 환하게 피워내야 하지 않겠니.

꽃불 신호등

꽃의 나라에서는 꽃망울 터질 때마다
신호등 붉게 켜지는 것인데
백성들 생의 핸들 내려놓고 발길 멈추는 것인데
젖먹이 노루도 귀 쫑긋 세우고 신호등 앞에 서는 것인데
한 번 켜진 불은 좀처럼 꺼지지 않아
등허리에 꽃대 나오기까지
머리에 뿔꽃 돋아나기까지
봇짐 꾸려 행상 나선 어미 기다리는 것인데
기다리고 기다려도, 어미 젖가슴 고프게 기다려도
한 번 피어난 꽃잎은 좀처럼 색 떨굴 줄 몰라
종일, 곯은 젖배만 신호등 근처 배회하는 것인데
젖 돌아 더욱 가슴 아픈 꽃의 나라에서는
새벽 와도 어미 돌아오지 않는 것인데
흩어졌던 봇짐의 시간만 지그재그로 일어나
살점 머금은 타이어에 파랗게 올라타는 것인데
그제야, 꽃의 나라에서는 꽃들도 멍울지며
신호등 시나브로 사그라드는 것인데
허리 깁스한 개미들도 노루귀처럼 더듬이 바짝 세우고
천년을 줄지어 건너는 것인데.

꽃의 계절

사월이 환하다
함께 피었을 때 꽃은 환하다

가지도
혼자 있을 때는 우울이다
함께 흔들릴 때 사랑이다

혼자 거닐 때 어두웠던 사람도
함께 거닐다 보면 환하다
각설이도 환하고, 엿장수도 환하다

사월은
온통, 혼절하는 것들의 잔치다.

금낭화

촉촉한 땅 뚫고 연분홍 신비로움 터뜨리는 당신
한 걸음 한 걸음 걸을 때마다
어찌 좋은 일만 있었겠는가
당신은 내가 아니라고
어찌 다툼만 있었겠는가
천둥 치고 비바람 부는 날이면
당신은 꽃잠처럼 소리 없이 다가와
내 젖은 어깨에 손 얹어 주곤했지
언제나 당신이 먼저 고개 숙여 주었는 걸
언제나 당신이 먼저 웃어 주었는 걸
수줍은 듯 봉오리 터트리며
한 뼘 한 뼘 향기 내뿜는 당신
꽃망울 늘어갈 때마다
한 치 한 치 허리 굽어지며
가는 허리 하나로 삶의 무게 버티며 살아온 당신
주머니 속 당신은 무엇을 그리도 숨기고 있는가
소중한 것은 손으로 만져지지도
눈으로 보이지도 않는 것이라며
비단 주머니 속 당신은
무엇을 그리도 곱게 간직하고 있는가.

칸나

진초록 연서 한 장으로
내 영혼 돌돌 말아놓고
붉은 입술 훔쳐간
저,
간나새끼.

묘목을 키우며

묘목 한 그루 힘들게 얻었습니다
애지중지, 볕 잘 드는 곳에 심었는데
낯가리는지 몸살 심합니다
하는 수 없이 무른 가지 잘라내었더니 금세 또 겨울입니다
따뜻한 봄 왔는데도
기침 멈추지 않는 걸 보니 속 아립니다
올해만, 올해만 하며 전지가위 든 손이
나이테에 맞추어 회오리 돕니다
잦은 병치레에 좋을까 싶어
흐리고 검은 날과 맑게 갠 푸른 날은 물론
붉은 요일까지 잘게 썰어 거름으로 주었습니다
몇 해만인지,
아프고 아팠던 꽃무늬 진 자리에
하얗고 심심한 것이 피어납니다
팝콘처럼 꽃망울 터트리는 배꽃 보니
울컥, 목이 멥니다

아버지!
휘청휘청 쓰러질 것 같은 세상에서도
끊임없는 웃거름과 가지치기의 정성으로

겨우살이의 소중함 알게 되었고
봄 되어 꽃 품은 뒤부터는
꿀벌 맞이하는 규범도 배웠습니다
지워진 지문은 해가 갈수록 단단한 버팀 되어
나이테에 빼곡히 스며들었습니다
누군가의 아버지가 된다는 것
이름만이 아님을
묘목 하나 키우며 겨우 알았습니다.

압화전을 보며

꽃 누르미
작품 전시 돌아보며

압화, 압화, 압화
되뇌어 보는 것인데

아파, 아파, 아파
환청 들리기도 하는 것인데

납작해진 눈들과
차마 마주치지 못하는 것인데

세상, 원근법이 사라지는 것인데.

감꽃

심상의 은은한 가지 끝에
빛살 반짝인다

꽃 속에는
은유의 시절 하얗게 자라고
새처럼 앉은 여자가 세상을 꿰고 있다

이윽고
지워지지 않는 땡감즙처럼
목에 걸리는
감꽃 타래

산사의 새벽 종소리에
첫 봉오리인 양 여승의 눈망울이
떫게 피어난다.

시월의 은행나무

부챗살처럼 퍼지는 잎맥 따라 세상 걷노라면
물 비치는 사랑, 눈 시린 사랑 있어
생살 베어 접목시켜 본다

감성은 꼬리 달린 정충
황홀한 연애 꿈꾸면서도
왜, 물컹한 송장 지대 배회한다

이성은 빙하시대 건너온 지독한 여인
황금빛 나팔로 사랑 속삭여도
왜, 천년의 세월 겹으로 흘러야 문은 열린다

시월, 은행나무는 한창 오르가즘이다
넓은 잎을 하고서도
얼마나 날카로운 사랑인가

아, 침엽수의 노오란 근성이다.

오동꽃

감정의 낮은 쪽으로 꽃은 기운다

지는 것의 몫은 습한 것이어서
꽃의 하강은 보랏빛이다

스스로를 떨구는 소리로
달무리 지는
자정 무렵

거문고도 울림통을 낮은 쪽으로 향한다.

꽃신

지는가요, 당신! 꽃은 질지언정 색 떨구는 것이어서 꽃의 신발은 분홍입니다

꽃그늘 머문 신발 속엔 우물거림으로도 잘게 씹히는 나이테 모질게 남아있나요 진저리나는 기억은 이마의 주름으로도 모자라 행간마다 까맣게 타고 있나요

떨구는가요, 당신! 잎은 떨어질지언정 그림자 스미게 하는 것이어서 잎의 신발은 초록입니다

시대는 아프고 아파 열여섯도 피멍인 그대, 두견새 수십 년 산 넘기고 강 넘긴들 응어리진 가슴은 대못이고 숯검정인가요

길 떠나는 당신, 장롱 속 고이 간직했던 신발이 위안이 되겠습니까마는 오늘 하루는 꽃신이어야 해요

나는가요, 당신! 나비는 날지언정 서녘 하늘 수놓는 것이어서 그대의 신발은 노을입니다.

나무

수직의 로고스, 수평의 카오스

우주를 짊어진
저, 푸른
십자가.

감성의 집

하늘 낮아 낮달 손에 잡히는 집 나는 새들 잠시 머물러 속눈썹 습하게 빗어 내리는 집 가끔 쪼아대는 새들의 문장 바람벽에 새겨지는 날이면 낡은 우체통에 연서 하나쯤 쌓이는 집 문틈 비집고 들어오는 저녁 빛 희미하여 방바닥 기어다니는 개미의 더듬이가 오히려 환한 집 하루 기울어 노을 물들면 그리운 사람 저녁 별로 띄워내는 집 꽃 소식 북상하고 단풍 남하해도 눈의 경계 모호하여 마음이 먼저 설레는 집 스냅 사진은 아니어도 때때로 지나가는 바람들 구름들 별들 빨랫줄에 납작하게 걸리는 집 찬물에 문장부호 밥 말아 먹어도 세상 서럽지 않게 장미꽃 두서너 개 느낌표로 피어나는 집 드라마에 빠져 속절없이 울컥해도 미니 TV가 먼저 훌쩍이는 집 그리하여 벽에 걸린 하회탈이 오히려 무안한 집 변비 심한 푸른 눈의 고양이도 세상이 철학적이지 않아서 한 개의 화장실도 충분한 집 깊은 밤 아랫집에서 들려오는 꽃들의 심장 박동 소리에 벽지의 박꽃도 귀 키우며 은밀하게 정분 나는 집 책상 위의 펜이 몽당연필이라서 오늘의 일기에 볼펜대를 끼워야 하루가 저무는 집 자정의 시간 머리맡 달빛 몇 줌에도 잠 못 드는 집 덩달아 시도 불면증에 시달리는 집 누구도 주인이 아니어서 누구도 주인인 집.

2부

묵묘

알몸은 봉긋했던 봉분에 밋밋한 평지 하나 얹기까지 수억의 구름 삼켰을 터, 절정의 끝자락에 잠자리 한 마리 평온하게 올리기까지 수만의 소지 올렸을 터

자작나무 등걸도 스스로의 생각 주저앉히고 흘러내려 시나브로 이승 지고 있다

주저앉은 것들, 시간에 깎이고 다듬어져 모난 것이 없다 흘러내린 것들, 열두 구비의 생각도 모자라 웅덩이 파놓고 동안거 들고 있다

얼마나 둥근 묵언 수행이기에 가시나무도 저렇게 고요할 수 있을까

쉿, 우주의 꽃봉오리 열반 중이다.

작정한다는 것

정작, 갈기와 집 가진 자들만의 특권은 아니라서 민달팽이는 용기를 내보는 것이다

구름이 바람 빌려준다면 치타와 달리기해 볼 작정이고, 대장 장이가 망치 빌려준다면 염소와 뿔 한 번 부딪쳐 볼 작정이다 해변의 여자가 선글라스 빌려준다면 사막 건너는 낙타와 동행해 볼 작정이고, 참새가 날개 빌려준다면 대붕과 구만리장천 날아 볼 작정이다

작정한다는 것, 오로지 목숨만 담보하면 되는 일이라서 민달 팽이는 이판사판 물불 가리지 않는 것이다

세상에 없는 것들의 목숨은 여럿이어야 한다.

동자승

산사의 새벽 종소리에
푸른 궁둥이 밀고 나온
풋감 하나

홍시의 처음이다.

터널을 지나며

너를 지나는 길은 출구가 하나라서 입구도 하나다

표지판에는 속도 제한이 있어 너를 지나는 길에는 해가 진다 라이트 켜고 앞 주시하지만 백미러는 늘 곁눈질이어서 방수 덜 된 눈가는 촉촉하다

긁지 말아야 할 것이 있고 후벼 파지 말아야 할 것이 있다 누군가의 속내 들여다볼 때마다 긁고 파서 덧나는 말, 공룡 발톱보다 더 날카로운 말의 물기가 지층을 스며들어 쥐라기의 동굴은 젖어 있다

갈라진 벽 틈으로 흘러나온 물기 어린 너의 눈가에 손수건 내민다

잎새 돋고 꽃잎 지듯 시시때때로 계절의 비위 맞추는 것이 너를 지나는 길이라면 간 부은 내 속력은 집어치우자 나를 맨발로 서서 너를 가자

너를 지나는 길은 입구가 하나라서 출구도 하나다.

잠

누에는 잠이라서 온몸에 잠 묻어 있다 잠은 깊을수록 섶을 늘려 잠실은 우주가 좁다

잠은 꿈결에도 잎맥으로 흘러 누에의 앞바다는 이마가 에메랄드빛이다 칸칸의 몸뚱이도 꿈 싣고 달리는 기차라서 투명한 유리창 안의 시간은 설원을 지난다

백화점 쇼윈도 안에서도 옷이 날개인 잠, 자신을 넘어 석 잠 넉 잠으로 무게 늘리는 것이어서 비단길 걷고 있는 코끼리의 눈가에도 꽃잠 묻어 있다

뭉개지는 힘으로 점점 농익는 잠, 스스로를 토해 하늘 우러러 하관하는 것이어서 잠의 한 세상은 우주처럼 둥글다

빅뱅의 계절, 잠에서 깨어난 누님! 부시다.

묵언 수행

생각에 잠긴 것들, 목감기 앓는다

산사 지나는 구름
무채색이다

댓돌 위,
스님 신발 부시다.

누군가를 부를 때

꽃바람 불어와 가슴 두드려도
떨리지 않으면 봄 아니듯
단풍 다가와 심장 수놓아도
물들지 않으면 가을 아니듯
누군가를 불러도
대답 없다면 부르는 게 아니다

꽃아, 풀아, 나무야
사슴아, 토끼야, 다람쥐야
숲에 서서 너희 불러 본다

이제는
그리운 이 불러도
사무친 그대 불러도
아무런 대답 없다

대답할 때
다정스레 불러보자
대답할 때
사랑스레 불러보자

\>

누군가를 부를 때

대답 없다면 부르는 게 아니다.

상생

나무는 둥지 품고, 둥지는 새 품고, 새는 알 품고, 알은 우주 품고, 우주는 나 품고, 나는 똥 품고, 똥은 씨 품고, 씨는 나무 품고, 나무는 시 품고……

숲에 들어가니 다람쥐가 땅속에 도토리 묻고 있다 식량으로 쓸 요량이다 겨우내 찾아내지 못한 도토리는 내년 봄에 싹으로 돋아나겠다

숲이 울창해서 시도 푸르겠다.

세상살이

웅덩이 채우지 않고 흐르는 물 없더이다
수백 리 길 달려온 큰 물줄기도
겨우 술잔 넘칠 정도의 작은 옹달샘 채우고 출발하더이다

어찌 보면 뒤웅박 같은 우리 삶도
웅덩이 채우고, 채워주며 사는 이치와 같더이다
십 년, 이십 년, 아니 삼십 년을 같이 살아도
살 맞대고 살 섞어가며 살갑게 살아가는 사랑조차도
그렇게 너와 나 한 몸 되어 흐르고 흐르면서도
내가 너 채워주지 않는다면
네가 나 채워주지 않는다면
우리 하나의 물줄기 될 수 없음 알더이다

내가 너로 인해 흘린, 네가 나로 인해 흘린
눈물 겨우 한 방울과 땀 겨우 몇 방울도
이 세상 흐르다 보면 빈 웅덩이 채우기에 소중한 것임을
말 못 할 한 마디, 하고픈 말 몇 마디 눈빛으로 들어주는 것도
이 세상 살다 보면 허전한 가슴 채우기에 황홀한 것임을

노란 오줌발처럼 웅덩이 채우며 흐르는
내 분신들의 아우성 들으며 알더이다.

무릎을 굽다

장작불 지펴 군고구마 굽고 있는

저 할아버지, 무릎 굽고 있는 게야

평생 쪼그리고 앉아 고구마 캐다 보니

도가니 절단난 것도 몰랐던 게야

통증에 좋다는 그 신통한 신신파스 달고 살아도

삭신 쑤시기는 마찬가지여서

겨울만 되면 인적 드문 거리로 나와

벌겋게 무릎 굽는 게야

장작불 실하게 지펴놓고 드럼통 달구면

무릎도 덩달아 폭신하게 익는 것이어서

하늘에서는 눈도 따뜻하게 내리는 게야

이미 떠난 할망구, 그리움도 함께 내려앉는 것이어서

실없이 눈물 훔치기도 하는 게야

지나가는 사람들 힐끔힐끔 쳐다보면

고구마 꽃 피어나듯 금세 환하게 웃기도 하는 게야

오늘도 무릎 잘 익었나

젓가락으로 토닥토닥 찔러 보는 것은

괜히 뻘쭘해서 그러는 게야

실은 신혼 적 색시 옆구리 찌르며

간 보던 생각 났던 게야

장작불 지펴 무릎 굽고 있는

저 할아버지, 생의 내력 굽고 있는 게야.

개가죽나무

목 길게 늘어뜨리며
질질 끌고 가는 한해의 끄트머리
햇살은 문고리에 개꼬리로 남았으리
벌거벗은 몸, 면벽하며
앙상한 가죽으로 남기까지
그 숱한 나날들
참새 떼는 요란스레 재잘거렸으리
수액도 말라버린 삐걱대는 관절염
수도승은 황소바람 맞았으리
욱신거리는 삭신
문풍지 울리는 밭은기침 소리
빈 하늘 컹컹 가르며
묵은 가래 뱉고 있었으리
찬바람에 서성이는 아버지도
섣달을 그렇게 견디고 있었으리

나목에 등 기대니
그리움 하나
꿈틀.

멍

　지는 것들의 이름 불러본다

　지는 것들은 멍으로 지는 것이어서 그림자도 피멍 들어 있다 멍은 스스로를 색으로 떨구어 목덜미 물린 목련은 하양 지고, 철 내내 심장 터진 철쭉은 빨강 진다 장독대 옹기종기 피어있는 작은 이끼도 하늘의 크기는 같아 파랑 진다

　이름 부를 때마다 짙어지는 멍, 새기는 일보다 지우는 게 힘들 때가 있다

　지는 것들은 한세상을 지우며 지는 것이어서 화장 지운 민낯에도 멍의 흔적 남아 있다 화장터 옆 오동꽃은 딸랑딸랑 보라 물결, 상여길 이팝꽃은 나풀나풀 하양 물결, 이승 지는 것들의 행렬에는 멍의 물결 흐르고 있어 손수건이 촉촉하다

　지는 것들의 이름 불러보면 멍은 더욱 눈가를 맴도는 것이어서 세상은 지독하게 습하다.

봄이 접히다

더듬어 거친 모래알 쥐어지지 않는다면
돌아다보는 경치가 아름다울 때가 있다

새의 울음 각혈하는 아픔으로 들리지 않는다면
꽃잎 얹힌 그림자가 황홀할 때가 있다

고양이 발자국 따라 그대 가지 않았다면
꽃잠 든 흔들의자가 포근할 때가 있다

한 생 보내며 묻어나는 잎사귀의 푸른 멍울
봄은, 또 그렇게 접히고 있다.

회개

아무리 작은 이끼 꽃도

바람 들이고
햇살 들이고
벌레 들이는데

주여!

서랍을 열며

아귀 맞추며 레일 달려오는 지하철이 하루를 여네 밤새 안녕들 하셨는지 지하도 위 서성이는 거룩한 청소부는 봉놋방 객손 깨우듯 안쓰럽게 어둠 쓸고 있으리니 그대들이여 엊저녁 나발분 소주병처럼 서로 나뒹굴고 깨어지는 일상일지라도 어둠 밀어내기까지는 어둠과 마주해야 하지 않겠나 그대들 하루와 마주한다는 것은 본래 밤새 지하를 지나온 기차가 푸르른 강물과 마주하는 일 아니었나 그대들이여 서로에게 토닥이며 밀물 차오르는 아침 강의 눈부신 햇살을 보게나

서랍 열면 밤새 뒤척이던 어둠들
햇빛 몇 줌으로 빼곡히 차오를 날 있을지 몰라.

올빼미

겨울 아침이면
나목 위에 맨살로
날개 접는 새 있다

안경알로 튀어나온 아침에
빛 내려앉아도
밤보다 더 깊은 난시

저 낮달 향해
뱉지 못한 타액은
썩은 물로 고이는 벙어리

캄캄한 혼
밤새 울어 피 토하는 칼바람에
눈물겨운 비상과 곤두박질하는 강하로
날개 키우던 의지는
발톱에 묻어두고

아침이면
나무에 내려앉아
나무 되는 새 있다.

코끼리 둥구나무

산문처럼 한 번 디딘 발 꿈쩍 않고
수백 년 동안 뿌리박고 서 있는 나무
부처님 귀 흔드는 것이어서
세상은 부챗살처럼 여러 겹의 그리움이다
추억 무동 태우던 널찍하고 번드러운 등허리에는
물 대어 써레질로 삶아야 할
쩍쩍 갈라진 천수답 서너 마지기 얹혀 있다
기다란 코는 은하수에 닿아 있고
밥 짓는 연기 온 마을 뒤덮어도
눈망울은 언제나 초저녁별로 끔뻑인다
망태 영감 안드로메다로 길 떠날 때도
삼신할미 명왕성쯤에 아이 점지할 때도
상아 끝에 안테나 세워 생명의 경계 감지해내던
마을의 수호신

빈집 늘고 인심 사나운 요즘은
속내도 허하여 숨소리 예전 같지 않지만
편작의 처방인지 화타의 시술인지
시멘트로 깁스하여 유모차에 의지하는 신세지만
마을 회관으로 연결된 스피커에서는 아직도

이장보다 목소리 카랑카랑한

내 유년의

슈퍼 점보 코끼리!

3부

카푸치노

알맞은
온도와 무늬와 향기로
견우에게 다가가
숨결 닿을락 말락
귀엣말로
속삭이고 싶다

오늘 밤 나의 입술을 마셔다오.

사량도

짝사랑하는 것들은 곁에 두고도 그리운 것이어서

통영의 사량도는 두 섬이 서로 그립다

뱀처럼 가는 해협 사이에 두고

에메랄드빛 바람과 붉은 노을 넣어

매일 연서 쓰기도 하지만

우체통은 수신인을 적지 않아 그리움만 쌓인다

산발치에 뿌리 둔 바위들도

은밀하게 손 내밀어 서로에게 닿아보려 하지만

다가가면 갈수록 섬은 더욱 멀리 달아나

사랑의 촉수 제 몸속으로 들이민다

능선에는 어느새 속눈썹 짙게 젖은 바위 여럿 서 있다

그리운 것은 눈으로 보아야 직성이 풀리기도 하는 것이어서

까치발로 서 있는 것들은 모두

눈 밝은 새 몇 마리씩 머리에 이고 있다

사량도의 주봉인 지리망산,

지리산을 지척에 두고도 달려가지 못한다

짝사랑하는 것들은 곁에 두고도 늘 그립다.

유월을 만나다

호남선 기차에서 유월을 만났다
구름 사이로 언뜻 보이는 하늘 좋아한다는 그녀는
굽 낮은 신발에서 풀 냄새 습하게 묻어났다
가난한 시인에게 자신의 내력 시주한 그녀는
솟을대문 높은 종가의 맏며느리로 살며
한때는 보험설계사로, 한때는 다단계 사원으로
평생을 제 이름보다 가파르게 살아왔단다
어릴 적부터 피아노 대신 주판알 쥐어졌지만
그래도 비 오는 날이면 미나리 부침개라도 부쳐놓고
막걸리 한 잔에 추억 푸릇하게 연주하고 싶단다
가끔은 오솔길 배추흰나비 되어 춤도 추고 싶고
산딸기 붉은 이마에 입맞춤도 하고 싶단다
평생 자신 돌아볼 겨를 없이
주위만 맴도는 주변인으로 살다 보니
지금은 눈시울 붉어진 원시 되어버렸지만
그래도 고만한 키와 가녀린 허리로
세상 버티며 살아온 그녀는
아직도 미루나무 잎사귀처럼 재잘거리고 싶은 여자란다
소박한 소원 있다면 하루를 통째로 전세 내어
립스틱 짙은 외출 한 번 해보는 것이란다

>

아마도, 나는 그때 그녀를
만날 운명이기에 만났을 것이고
그때가 아니더라도
또 다른 곳에서 만났을 것이다
앞으로도 나는 유월을
몇 번은 더 만나게 될 것이고 또한 그렇게 보낼 것이다
아내의 이름이 유월임을 그제야 알았다.

만수산 횟집

그곳에 가면
풍랑과 수압의 세월로 납작하게 벼린
서슬 퍼런 양날의 칼
온몸에 품은 광어가
손가락으로 자신 찜하는 사람 향해
한쪽으로 눈 흘기며 째려보는 것이어서
도다리도 움찔, 오른쪽으로 눈 쏠리다

봄, 그곳에 가면
살 오른 도톰한 방어와
집 나간 며느리보다 한 발 서둘러 칼집 낸
노릇노릇 구워진 앙상한 전어가
풍비박산, 한 살림 토막 난 낙지 위로하며
이리저리 세상 젓가락질하는 것이어서
벚꽃 붐비다

여름, 그곳에 가면
갑각류보다 두터운 언어 장벽에도
바퀴 달린 운반구에 남지나해의 푸른 물살 실어나르며
성게 같은 가시 말에도 어눌하게 옆걸음질하는

캄보디아 가시내의 하루가
초고추장 하나로도 풋풋하게 비벼지는 것이어서
세상 묻지 않아도
난초 여리다

가을, 그곳에 가면
눈알 도드라지고 거무죽죽한
주인 사내 닮은 우럭이
입술 날름날름 내밀고는
섬처럼 외로운 사람들 향해
혀! 한 잔들 혀!
냉이 넣은 매운탕에 자신을 진하게 우려내어
술 권하는 것이어서
구절초 시리다

겨울, 그곳에 가면
넙치와 가자미의 눈깔처럼
세상 바라보는 방향 달라도
서로의 취기에 서로가 달아올라
내가 멍게인지, 멍게가 나인지

세상 참 멍하게 취하는 것이어서
동백꽃 붉다

그곳에 가면
풍랑과 수압의 세월로 납작하게 벼린
서슬 퍼런 양날의 칼
온몸에 품은 도다리가
손가락으로 자신 찜하는 사람 향해
한쪽으로 눈 흘기며 째려보는 것이어서
광어도 움찔, 왼쪽으로 눈 쏠리다.

삼월

가지에 물오르니
고양이도 한창 오르가즘이다

덩달아 매화도 붉어지고.

덕종이

고향 떠나
제주에 뿌리내린 친구가
귤 한 상자 보내왔다
볼품없고 윤기 없어
뭐 이런 걸 보냈나 투덜대다가
입에 넣어보니 기막히다
고마움에 전화했더니
무농약 재배란다

스스로
비바람 들이고, 천둥 들이고, 빛 들이고, 그늘 들여
세상 견디어내느라
겉은 희끗희끗해도
속은 알짜배기인 귤

오름처럼
돌글랑 호게
제주에 터 잡은 친구

지심도

참빗으로 곱게 빗은
동백기름 바른 여인네의 가르마가
내 집 네 집 마당 지나
섬 전체로 이어지고
이웃에게 길 내어주는 만큼
드러나는 세상인심이
달빛 품은
동백꽃처럼 다사롭다

선착장에는
해녀의 굽은 등허리에 피어나는
돌멍게의 미소가
노랗게 입맛 적시고.

오타루에서

운하 흐르는 홋카이도 오타루에서
내 누렸던 하루치의 시간 반납하겠다
충청도 어디에선가 강제 노역에 징용되어
오호츠크해의 찬바람 부는 이곳에 끌려와
뼈 에일수록 한 바수게 씩 그리움 쌓아가며
공사장에 동원되었을 당신에게
막장에서 호흡 가쁘게 석탄 캐며
절망의 눈 시커멓게 타들었을 당신에게
내가 즐겼던 하루치의 사치 반납하겠다
부산 수미르공원에서 출발한 치욕의 시간이
삼백예순날 일상에서도 부려졌을 이곳을
나는 마냥 상기된 설레발로 내디뎠다
두려움 가득했을 당신의 보따리 대신
내 캐리어에는 코팅 잘 된 설렘도 넣어왔다
수염 길어 슬픈 아이누족과 당신의 습한 속눈썹이
동병상련으로 살 비비고 있다는 것도 망각한 채
달빛과 가스 등이 따스하다는 운하 돌며
하마터면 당신 잊을 뻔했다
어쭙잖은 남의 말 세 치 혀로 나불대며
뒷골목 초밥집 기웃거리면서

창고 개조한 맥주 가게 전전하면서
빼앗긴 나라에도 포도 익어가는 고향은 있어
학수고대하고 있을
당신 가족 하마터면 잊을 뻔했다
코발트 하늘 등때기가 오히려 시린 이곳에서
오르골이 역사 왜곡하며 돌고 있는
이곳 오타루에서, 나는 내가 누렸던
하루치의 식탁과 하루치의 위안
반납하겠다.

황산벌에서

하늘에서 북소리 내리면 눈빛보다 먼저 저려오는 가슴 있어 그리운 나라에는 들꽃이 붐빈다 시린 가슴 수놓으며 다가오는 꽃의 나라여! 꽃으로 쓰러지면 그림자도 꽃이 되는가 죽기 아니면 까무러치기라며 스러져간 들꽃들은 해마다 자리 잊지 않고 피어날지니 꽃들이여! 가라앉을수록 솟아오르는 물안개처럼 흐드러지게 피어나 가슴 영근 딸년 끌어안으며 벅찬 웃음 지어보기를, 얼음장 밑으로 흐르는 물처럼 깨어나 허리 잘록한 여편네 다독이며 흐뭇하게 안아보기를, 연잎 대공에 실타래 매달리듯 가는 목숨 이어온 꽃의 나라여!

작두 위에 날 세운 역사가 쓱싹 잘린다 순간, 젖 빨던 힘으로도 꽃대가리 잘려나가던 오천결사대 순이 아버지의 목울대가 서산에 걸린다 노을 등때기에 딸년 울음도 붉게 얹히고.

사랑 · 1

나란히 걷던 우산 하나 접힌다
비도 자꾸 부끄럽다

사랑은 나를 먼저 접는 일.

자전거를 타며

페달에 발 얹으면
우리 사랑은 어디까지 갈 수 있을까

기울어진 지축 잡고
넘어지면 넘어지는 쪽으로 방향 잡으며
그렇게 비틀거리는 쪽으로 굴리고 굴리면
저기 얼마나 아파야 아픔 가실 수 있는
이라크의 바그다드에는 갈 수 있을까

거대한 쳇바퀴 굴리듯
너와 나 함께 구르고 구르면
평원 지나 대륙과 바다도 넘어
저기 기아와 알몸 나뒹구는
아프리카의 르완다에는 갈 수 있을까

뒷바퀴 앞바퀴 따라가듯
못 이기는 척 따라가는 것이 사랑인 줄 알면서도
그렇게 호흡 맞추며
힘닿는 대로 가는 것이 사랑인 줄 알면서도

>

페달에 발 얹으면

우리 사랑은 또 어디까지 갈 수 있을까.

사계 고택

신호등 하나로도 시간 건널 수 있다면 나는 계룡시 두마면 사계로 더샵아파트 정문 앞을 택하겠다

상투 튼 새들이 아침부터 손님 맞이하는 고택 들어서면 대문은 평대문이어서 문지방의 자세가 발목보다 낮다 마당 또한 평등하여 까치걸음에도 예 묻어 있다

기왓장 타고 내리는 수수한 바람이 풍경을 휘감고 돈다 순간, 회화나무 잎사귀도 옷매무새 야무지게 가다듬는 것이어서 고택은 청아하다

민초 향해 자리 잡은 사랑채에 햇살 한 줌 서성인다 나눔은 화수분인 게야 하지만 누구의 햇살 한 줌이 누구에게나 햅쌀 한 되는 아니라서 예는 마음만이 아닌 게지

지붕보다 낮은 고택의 굴뚝에선 연기도 차분하여 담장을 넘지 않는다 집의 시간이 사람의 시간으로 스미는 곳, 뒤란 장독대에선 맑은 간장이 하늘의 시간으로 우려지고 있다

사계 선생, 철쭉 핀 뒤뜰 거닐고 있다 예 스민 아이들도 겸손하여 두 손이 꽃보다 단아하다.

무상사 가는 길

산사 가는 길은 호남선 철길 따라 커피 전문점 칼디의 전설을 지나는 길이라서 방목된 염소들도 춤을 춘다

가끔, 아르튀르 랭보 닮은 푸른 눈의 스님을 만나기도 하는데 스칠 때마다 서로 합장할 뿐 나무의 학명 묻지 않는다

산사 가는 길은 매일을 걸어도 나를 처음 걷는 길이라서 낮달 담은 저수지도 어제는 아니다

산사 가는 길은 삼백예순날을 설레어도 내게는 사소한 일상이라서 노을은 흐르고 별은 뜬다

염소들도 스스로를 똥그랗게 비우며 산사 가는 길, 내 걸음의 자세를 생각한다 내 길은 내 것만이 아니라서 가로수 나무들도 허공으로 꽃물 오른다.

사랑 · 2

청보리밭에 길 내는 것

그리하여, 서로가 탱글탱글 익어가는 것

겉보리 서 말로도 살아가는 것.

짝사랑

하롱하롱 복숭아꽃 글썽이는 고갯길에는 종달새가 구슬픕니다 물오른 나뭇가지로 새총 만들어 봄빛 넣어 허공에 날려 봅니다 날아간 봄빛 맞고 떨어지는 것은 보리밭 위 지저귀는 종달새도 아니요, 봄바람에 흩날리는 분분한 꽃잎도 아니요, 꽃그늘 빛으로 점점 물들어 가는 하늘도 아닙니다 윤사월 가시내가 문설주에 기대어 엿듣던 꾀꼬리 소리는 더더욱 아닙니다

붉은 우체통에 사랑한다고 사랑한다고 한 마디 써넣지 못한 오늘의 후회가 심장을 관통하여 쏟아져 내리고 있는 것입니다.

변기를 교체하며

흘리지 말아야 할 것은 눈물만이 아니라지만
내 나이는 아직도 삶의 오줌발이 어설퍼
과녁 빗나갔구나
볼일 하나 제대로 해결하지 못하여
글썽이게 했구나
세상 맑어 소나기 한바탕 퍼붓던 날이거나
세상 되어 노을 까맣게 타들던 날이거나
온몸으로 내 응석 받아주던 너에게
작은 꽃병 하나 얹어주지 못하였구나
맨살 섞으며 희로애락 함께 하면서도
황금 들판 달리는 기차여행처럼
허공 가볍게 나는 새들처럼
답답한 가슴 시원스레 뚫어주지 못하였구나
깁스처럼 희멀건 얼굴 하고서도
아우성치며 떠내려가는 나의 분신에게
등 따습게 다독이며
부르튼 눈물 주사기 안으로 되짚어 넣던 너
너에게도 한때는 푸른 강물 흘렀다는 것
부레처럼 설레는 가슴 품고 있었다는 것
눈치채지 못하였구나

평생 지독한 축농증으로 살아온 너에게
앉은뱅이로 살아온 너에게
손 내밀어 따뜻하게 보듬지는 못할망정
수고했다는 말 한마디, 고맙다는 말 한마디
등신처럼 하지 못하였구나
보내지 말아야 할 것은 조강지처만이 아니라지만
내 나이는 아직도 삶의 오줌발이 시원찮아
너를 차마, 떠나보내고 있구나.

팥죽을 먹으며

팥죽 쑤는 저 여자
놋쇠 대접 같은 누런 주름 보니 알겠다
산비탈 돌아 굽은 밭고랑 일구며
한평생 오금 저리도록 허리 펴지 못한 채
사타구니 짓무르는지도 모르고
꽃 피어오를 때까지
꼬투리 실하게 익을 때까지
두둑이 북도 주고
한여름 내내 햇살과 바람으로 서성였음 알겠다
도리깨질로 타닥타닥 한숨 타작하여
허연 쭉정이들 가슴으로 까불어 골라내고
실한 것만 푹푹 삶아 붉은 앙금 한 그릇 내놓기까지
밭둑의 텃새 더불어 마음 졸였음 알겠다

저 여자의 한평생을 뚝딱 비우면서
나의 한 그릇은 얼마나 가벼운 것이었느냐
내게도 이마에 팥꽃 몇 개 둥지로 얹힌다면
새알 하나 실하게 품고 싶다.

4부

쌍둥이 별자리

발끈, 우주가 뒤꿈치 들었다 놓는다

벽지 타고 오르던 꽃들도 귀 쫑긋 세우고 위층에서 들려오는 신발 문수 가늠해 본다 깊어지는 시간만큼 자라나는 소리, 천정에는 하모니 이루며 별들이 돋아나고 있다

불 끄고 방바닥에 누워 밤하늘에 귀 기울여 보면 아장아장 터치 하나로도 별 쏟아내는 아이들, 오늘은 오른쪽 뺨에 점 발랄한 하느님이 젓가락 행진곡 리드하고 있다

눈 감아야 서로 밝아지는 것들, 시간이 우묵하게 파인 자리에서도 층층이 꽃 밀어 올린 흔적 있어 아파트 벽에 그려진 감자 꽃은 아이 궁둥이처럼 환하다

꽃 피는 소리 왈츠로 흐르는 밤, 천정에는 하느님들로 별자리가 그려지고 있다.

개화 · 1

첫울음 터트리는 것들
예외 없이 색 지니고 있다

세상, 눈시울 붉다.

나의 풍금씨

긴 손가락의 풍금씨여

그대 터치 한 번에

물고기도 떼 지어 솟구친다오

고등어 푸른 등과 상어 지느러미 넣어 조율한

싱싱하고 발랄한 심장 여기 있소만

왠지 황량한 이 가슴에 풀무질 한 번 해주오

바람 부풀어 점점 달궈지는 하얀 속살 따라

인적 드문 검은 분비나무 숲까지 그대 걸음 해준다면

알싸한 내음과 들큰한 향 내어드리겠소

내 사랑 라흐마니노프여, 나를 오려거든

때로는 크레센도로, 때로는 디크레센도로 다가오오

볼 스치며 입술에 와 닿는 흰 눈송이처럼

슴슴하게 다가오지는 말고

검고 흰 고무신 지그재그로 걸으며 플렛 되듯

어긋난 옛사랑의 발자국으로는 더더욱 다가오지 말고

빛 이동시켜가며 자라나는 고드름처럼

점점 발기되어 피어오르는 꽃망울로 다가오오

혹여, 참꽃 터져 쉼표 하나 흘러나오거든 잠시 숨 고르고

한 번은 오로라로, 또 한 번은 코로나로 다가오오

그대 내 북극을 놀다가, 내 태양을 놀다가

악홍의 순간 다가오거든 내 심장에 잠시 들러주오
내 육신의 미나리도 대공 푸르게 세우고
내 영혼의 아궁이도 밥물 하얗게 끓어 넘치고 있잖소
긴 손가락의 풍금씨여
그대 터치 한 번에
새들도 떼 지어 날아오른다오.

스크래치

아버지의 계절에는 뻐꾸기가 여러 번 산 넘기고 넘기고서야
비로소 꽃 피어났다

진득하게 살아온 생, 지게 작대기에 받쳐놓고 담배꽃으로 피
어 올리면 노을은 선홍빛으로 물들고 마을은 호롱불 켜기 시작
했다 밤 되면 등에서는 열병처럼 더 많은 꽃들 돋아났다 한세상
지고 온 내력 살짝만 긁어도 두견새는 꽃망울 붉게 터트렸다

별똥별도 천년을 노랗게 긁어내렸다.

개화 · 2

하늘 맞이하는 일이라서
온몸 떨리는 일이라서

세상의 꽃들은 모두 수줍다.

콩의 꿈

달궈진 가마솥에 육신 뭉그러지고
절구에 살점 짓이겨질수록
더욱 파랗게 눈뜨는 꿈
나무틀에 성형되건 손틀에 빚어지건
콩에게도 꿈은 있는 게다
군불 지핀 구들장 시렁에
지푸라기 몇 가닥으로 생 매달고 살더라도
이웃들과 토닥토닥 살과 뼈 비비며, 볼도 비비며
콩깍지 터지는 웃음
신명나게 웃어 보고 싶은 꿈은 있는 게다
몸 꾸덕꾸덕하게 말라가며
손금 같은 명줄 쩍쩍 갈라지며
곰팡내 온몸 엄습할 때,
메주콩에게도 꿈은 있는 게다
두툼한 생의 먼지 톡톡 털어 얼굴 말갛게 씻고는
고추 대추, 상주처럼 둘러 세우고
향불처럼 참숯 빨갛게 피워놓은 독 속에
흐뭇하게 하관하고 싶은 꿈은 있는 게다
이미 들어가 자리 잡고 앉아 있는 이웃들에게
둥그렇게 살았던 이승의 이야기

도란도란 전하고 싶은 꿈은 있는 게다
눈부시게 푸르른 날
뚜껑 열어 숨통 터주는 이 있다면
정화수 한 모금으로 목 축이고는
저승의 순한 이웃들 이야기
두런거리고 싶은 꿈은 있는 게다
이야기가 발효될수록
부분일식처럼 한 종지씩 몸은 축나겠지만
이승과 저승의 숨길 터주고
이야기 따숩게 들어 준 이들에게
맛깔나는 온몸 내주고 싶은 꿈은 있는 게다.

수목장

그리움 가슴에 묻고서야

나무는
신이 된다.

보내기 번트

야구방망이 대신
꽃 한 송이 들고 들어선 빈소
촛불이 툭툭 허리 굽히며 모션 취하는 순간
코끝 찡하게 어루만지며 보내오는 감독의 사인
타석에 들어서 있는 슬픔의 볼 카운트는
투 스트라이크 쓰리 볼
문상 끝낸 사람들은 저희끼리 모여
베이스에 진루해 있는
주자의 트레이드 설에 대해 이야기하고 있고
삼루쯤에서 홈으로 내달릴 준비하는
영정 속 사내 주위로
국화꽃 하얗게 피어나고 있는 찰나
지상의 마지막 호흡을 모아
번트를 댄다

사람 보내는 일, 사람이 하는 일이었다.

빨래 풍경

어라 저 여자
펑퍼짐한 몸매에 어울리지 않게
헤드뱅잉 하는 저 여자
축축한 웃음으로 빨랫줄에 매달려
점점 정신 혼미해지는 저 여자
작은 바람에도 허공으로 공중부양하는 저 여자
골다공증으로 바람 숭숭 새는 저 여자
관절도 삐거덕, 살점도 흐느적
방바닥에 누웠다가
옷장 속에 숨었다가
금세 히죽히죽 나타나
텔레비전 앞에 앉아 있는 저 여자
장대처럼 아이들 커갈수록
점점 야위어가는 저 여자
젖도 말라가는 저 여자
아, 햇살 품은 저 여자.

할아버지와 누에

1

할아버지의 정직한 손금처럼 누에는 뽕잎을 먹고 살아야 한다는 말씀 명심하며 이른 아침부터 저녁 늦도록 곰팡내 팍팍한 장마철을 용케도 살아왔습니다 슬픔이 있을지라도 슬픔에 몸 섞으며, 슬픔이 비로소 얼굴 가릴 때까지 낫자루에 맺힌 서슬 푸른 한 삭이며, 수염이 석 자라도 먹어야 산다는 말씀 명심하며 식욕 없어도 식욕 있는 양 한 줌의 뽕잎도 남김없이 먹어치웠습니다 더욱이 필요한 건 모기장이라며 살 닳는 아픔 하소연해도 모기장 대신 연막 뿜어대는 자들 용서하며, 파리똥이 할아버지의 얼굴에 돋아나는 검버섯처럼 몸 썩혀 문드러지게 하더라도, 푸르디푸른 투명한 몸 일으켜 하늘 우러러 실 토해 몸 감는 하관의 넉넉한 아픔 꿈꾸며, 질기게 견뎌왔습니다.

2

명주실 누에고치는
세상 안에서 세상 밖으로, 세상 밖에서 세상 안으로
안과 밖을 잇는 구만리 비단길

성못길,
어디서 날아왔는지
무덤가 날고 있는 나비 한 마리.

청산 장터

사람과 사람이 만나 서로를 여는 곳
저잣거리에는 이야기가 자잘하게 피는 것이어서
돌 틈 삐져나온 질경이도 슬며시 귀를 연다
내가 열려 네가 열리고, 네가 열려 내가 열리는
난전의 오일장에서는
꼬깃꼬깃 쌈짓돈도 빳빳하게 열리는 것이어서
튀밥 튀기는 소리가 삼천 원에 열리고
고등어의 등 푸른 바다가 오천 원에 열린다
패스트푸드점이 마주 보이는 자리에서도
산발치 지켜온
쑥갓이며, 달래며, 씀바귀며, 이름 낮은 것들이
쪼그리고 앉아 이천 원에 열리고
침침하게 포장된 비닐 속에 종일 앉아
저를 맘껏 벌리고 마늘 까는
저 곰 같은 여자도 하루가 구천 원에 열린다
연다는 것은 서로가 흥정인 것이어서
내 마음 열지 않으면 네 마음 열리지 않고
네 마음 열지 않으면 내 마음 열리지 않는다
생선국수 한 그릇으로도 구수하게 만나
보청천 고운 물줄기로 정 나누는 청산장은

사람이 사람을 탁발하는 곳이어서
하루치의 저녁놀도 수수하다.

소리갯재 아이들에게

아이들아
갈뫼봉 발 밑에 힘줄 고운 한들 삭아
흘러가는 물줄기 보이누나
질경이풀 앉은뱅이꽃처럼 주저앉았어도
눈물 보이지 않고
힘차고 굵은 오줌 줄기처럼
낮은 곳 흐르는 저 실개천을 보아라
낮은 곳 흘러도 높은 곳 꿈꾸는
네 아버지, 할아버지가 발 담그던 곳
이곳을 차마 잊겠느냐

소값보다 배추값보다
사람이 먼저 똥값으로 폭락하는
세상은 만들지 말자고 꿈틀거리며 흐르는
저 농투성이들의 혼령과
안 밟혀도 꿈틀거리는 실뱀장어처럼 도도히 흐르는
실개천의 역사를 기억하자

호미 쟁기질에도 윤기 있는 양떼구름으로 갈리는 땅
콩서리며 생밀 씹어 껌 만들던

소리갯재의 전설
가을꽃 붉은 대궁처럼 타오르는
어화 둥둥 숨 가쁜 사랑 숨 쉬는 곳
보리개떡 나눠 먹고 함포고복하던
소리갯재 느티나무
그늘 하나로도 넘쳐나던 인정아

언제부턴가 창칼 소리 요란하고
실개천엔 반목과 질시 넘쳐흐르고
엉겅퀴 씀바귀 억새 강아지풀 위로
햄버거와 피자 코카콜라 헤진 나이키가
주인처럼 뒹굴고
속 빨간 맛 좋은 개구리참외는
빨갱이처럼 생겼다며 서양 참외에 밀려나고
우리들의 식탁과 제사상엔
겉 포장 잘 된
노랑머리 검은 살의 수입고기가 판치는 세상
불도그처럼 밀어붙이는 불도저에
실개천은 파헤쳐져
우리들의 내장은 썩어가고 있구나

>
아이들아
잊은 듯한 자리에서도
피어나는 하얀 찔레꽃처럼
허술한 시대 나사 죄어가며 살아가야 하지 않겠느냐
마른버짐이 천형처럼 피어 있어
고개 들지 못하던 장석이 홍렬이도
혀 붇고 하얗게 골 패였지만
병원 가기 힘들다던 생활보호대상자 남석이도
화산처럼 등 굽어 설움 덩어리
언제 터질지 모르는 경배도
자전거 타고 아리랑 아리랑
아리랑 고개 넘나든다지

아이들아
청솔가지 씹으며 강둑 적시는 물결 따라
풀꽃 보면 그냥 풀꽃이 되고
산맥 보면 힘차게 달려
힘 살아오르는 질경이처럼
황톳길 달려보아야 하지 않겠느냐
짓밟힌 풀꽃 한 송이 버리지 말고

버려져 뒹구는 돌 외면하지 말려무나
쑥스러워 얼굴 붉히며 살아갈지라도
반목과 비굴과 질시보다는
양심과 정의와 사랑 넘치는
참세상 꿈꾸며 살려무나
그리하여 실개천에 맑은 물 흐르면
우리 함께 손에 손잡고
흠뻑 적셔 보아야 하지 않겠느냐
소리갯재 아이들아.

젓가락의 감정

쇠전으로 이름 난 청산은
장날이면 속리산 흘러내린 물이 보름달 더불어
물레방아 더욱 희롱하는 것이어서
계집들의 치마 속은 달맞이꽃으로 붐비는 것인데
자식들 학비가 포도청이라
종자소와 맞바꾼 아버지의 전대도
황소 불알 같은 알전등 하나둘 켜질 무렵이면
암자에 스님 들듯 저절로 술집 찾아 지퍼 여는 것인데
이럴 때면 귀가 늦은 남편 걱정에 어머니는
아들 앞세워 청산 일색 해동루 찾아가지만
이슬 젖은 배롱나무 근처만 배회할 뿐
하늘 같은 서방이라 차마 다가서지 못하는 것인데
어머니에게 등 떠밀려
문틈으로 살짝살짝 보이는 희한한 광경 목격한 나는
속 타는 어머니의 심부름은 잊은 채
아버지가 저렇게 신명난 적 있었나
쳐다만 보고 있는 것인데
젓가락 하나로도 세상 장단 맞추어 내는 아버지 보며
젓가락에도 가락은 있어
저렇게 많은 노래 묻어 있었나 생각하는 것인데

＞

시를 쓰며

내 시의 감정은 오롯이

식구가 발 동동 구르며 쥔 기다리는 줄 뻔히 알면서도

쇠전 근처 작부의 막걸리 한 잔에

세상 설움 짙게 우려내던

아버지의 젓가락 장단에 연유한 것이어서

내 시에는,

육자배기 몇 사발

진양조로 묻어 있는 것인데.

어머니의 연못

생전에 연꽃 좋아하시어 못 옆에 모셨습니다
물에 비친 겨우 두세 평의 집에는
물방개, 붕어, 소금쟁이 드나들고 있습니다
이웃도, 평소 인심 좋은 당신의 문패 읽었나 봅니다

어머니!
못에는 사시사철 계절이 흐르고
꽃잎 파문 일던 자리에는
천둥소리 둥글게 남았습니다
감 익는 소리 붉게 물들던 곳에는
청둥오리 울음 하얗게 내려앉았습니다

열여섯에 시집와 식구들 건사하면서도
평생 내색하지 않았던 속앓이
못이 마르고서야 봅니다
목숨줄 쥐고 가늘게 흐르는 물고랑 따라 속내 들여다보면
그곳엔, 못 박혀 가슴 숭숭 난 연근 몇 뿌리 묻혀있고
한세월 온몸으로 끌어안은 가시 대공 몇 개 서 있습니다
천년이 흘러도 마르지 않을 젖무덤
연밥으로 새까맣게 숨어 있습니다

>

어머니!

못에는 올해도 어김없이 꽃이 피었습니다

봉오리가 어쩜 그렇게 고운지요

꽃단장하고 상여 타고 가시던

당신 얼굴 어찌 그렇게 빼닮았는지요

오늘도 별빛이 연못 가득 글썽입니다.

시골집

사람이 떠난 후로
까치가 문패 달고 주인 행세인
마당 깊은 시골집
시간의 무게 견디지 못한 나무들
덩굴에게 자리 내주고 있다
돌에 숨 불어넣는 일 하는 첫째도
바람 부는 날 골라 집 짓는 둘째도
겨를 없이 바빴나 보다
고추장 발라 빨랫줄에 널리던 참죽나무
아직 숨 붙어 있는지 가지 끝 글썽인다
앵두나무, 자목련도 가시박 덩굴에 감긴 채
눈시울 붉다

저 허리 꺾인 것들
아직까지 습한 속눈썹 달고 있는 이유 무엇인가
주인이 구들 떠나 집 나설 때
덩달아 살강에서 까치집으로 발길 옮긴
저 수저, 녹으로 푸르게 얹혀 있는 걸 보니 알겠다
누군가 떠나보내고도 보내지 못하는 일
뒤꼍 감나무, 눈물 마른 홍시 보니 알겠다

지붕도 없이 색 바랜 둥지에서
하얗게 깃갈이하는 저 목숨들
가지 끝에서 석삼년은 글썽이겠다
눈시울 붉히겠다.

고백

지금 사 야그지만
임자 가던 해 말유

그해 고추가 젤 매웠지 뭐유.

숨 있는 약한 것들에 대한 애정과 연민

양애경 시인

목숨 있는 약한 것들에 대한 애정과 연민

양애경 시인

  박주용 시인은 차분하고 과묵해 보이지만 알고 보면 참 야무진 사람이다. 그는 목소리가 높지 않다. 예의 바르고 정도正道를 지키지만 약하지 않다. 그는 선량함의 힘이 얼마나 큰지를 조용히 보여주는 사람이다. 조심스레 문학 애호가를 자처하는 국어 선생님이었는데 2014년 《매일신문》 신춘문예에 시 「옹이」가 당선되어 등단한다. 가까운 곳에 이렇게 좋은 시인이 있었나 하고 그의 첫 시집 『점자, 그녀가 환하다』를 들여다보니, 놀라울 만큼 시의 세계가 탄탄하고 깊다. 이런 후배님이라면, 하고 『화요문학』에서 시 공부 같이 해보자고 했더니 기꺼이 동참하였다. 요즘은 계룡에 살며 할 일이 많아 얼굴 볼 시간이 적은 게 좀 아쉽지만, 능력 있는 사람이니 세상의 쓰임이 많은 것은 어쩔 수가 없다.

  박주용 시인의 두 번째 시집 『지는 것들의 이름 불러보면』의 원고를 받고 두어 달 동안 공들여 여러 차례 읽었다. 실험적인 난해성을 가진 작품이 아닌데도 한 번에 쉽게 읽어낼 수가 없었다. 그만의 독특한 미학과 철학으로 치밀하고 정교하게 짜여 있는 부분이 있기 때문이었다. 그렇게 정독을 하고 마침내 몇 가지 소주제로 챕터를 구성하여 이 시집의 해설을 쓰기에 이르렀다.

1. 독특한 미감美感으로 잡아낸 자연의 신비

박주용 시인의 이번 시집을 읽으며 먼저 주목한 것은 독특한 미의식이다. 시인의 시의 출발은 산책이다. 그는 걸으며 보는 풍경들에서 특별한 아름다움을 발견하고, 그것을 섬세하게 언어로 구성해낸다. 시인은 들을 걸으며 보이는 사물들을 그야말로 '흡수'하여, 그곳에서 발견한 반짝이는 아름다움을 치밀한 언어로 표현한다. 그래서 보행의 리듬에 따라 시의 운율이 리드미컬하게 흔들리며 풍부한 색채감으로 이미지가 채워진다.

산사 가는 길은 호남선 철길 따라 커피 전문점 칼디의 전설을 지나는 길이라서 방목된 염소들도 춤을 춘다

가끔, 아르튀르 랭보 닮은 푸른 눈의 스님을 만나기도 하는데 스칠 때마다 서로 합장할 뿐 나무의 학명 묻지 않는다

산사 가는 길은 매일을 걸어도 나를 처음 걷는 길이라서 낮달 담은 저수지도 어제는 아니다

산사 가는 길은 삼백예순날을 설레어도 내게는 사소한 일상이
라서 노을은 흐르고 별은 뜬다

염소들도 스스로를 똥그랗게 비우며 산사 가는 길, 내 걸음
의 자세를 생각한다 내 길은 내 것만이 아니라서 가로수 나무들
도 허공으로 꽃물 오른다.
— 「무상사 가는 길」 전문

박주용 시인은 계룡시에 거주한다. 거주지와 전원이 적당히
어울려 있는 소도시에서 들길을 걸으며, 시인은 온몸의 감각을
열어놓는다. 호남선 철길과 커피 전문점, 가로수들과 그 꽃과
잎들, 자유롭게 풀어놓은 염소들, '아르튀르 랭보 닮은 푸른 눈
의 스님'이, 노을이 흐르고 별이 뜨는 우주를 호흡하며 함께 걷
는다.

역사가 오랜 무상사는 외국의 스님들이 정진하는 곳으로 과거
와 현재가 함께 머물러 있는 곳이다. 그리고 그 무상사로 향하는
길은 '매일을 걸어도 나를 처음 걷는 길'이다. 같은 일상이 반복
되는 것 같아도, 하루하루를 산다는 것은 그날이 처음인 새로운
사건이다. 산사로 향한 길을 걸으며 시인은 '나'라는 존재에 대
해 철학적인 물음을 던지는데, 그 일은 언제나 새롭다.

이 시에서 마음에 와닿는 또 한 가지는 시인이 세상과 사물에
대하여 가지는 평등한 자세다. '염소들도 스스로를 똥그랗게 비
우며 산사 가는 길' 즉, 염소 또한 인간과 똑같이 삶에 대해 사색
한다는 생각, 이 공간과 시간을 자연의 모든 존재가 공유한다는

인식이다. 자연계에서 가장 자기중심적인 존재인 인간이 스스로를 염소와 나무와 동급으로 내려놓기는 쉽지 않다.

더욱이 박주용 시인의 시에서 돋보이는 것은 독특한 미의식이다. 그의 시는 다양한 이미지를 섬세하게 구사하는데, 특히 색채 이미지를 대표로 하는 시각 이미지의 사용은 다른 시인과 차별되는 특징을 띈다. 시「붉은 수수」의 예를 들어 보자.

> 수수가 낮술 기울여 붉다

> 붉은 것은 붉은 쪽으로 기울어 붉고 계절은 가을 쪽으로 기울어 붉다 바람에 여무는 수수도 경외는 스님처럼 합장하고 연신 허리 기울이는 것이어서 저절로 붉다

> 수수깡안경 쓰고 도수 없이 한 잔 기울여 보면 사는 게 뭐 별거냐며 하루해는 황소 불알로 축 늘어져 서산으로 붉고, 불알은 내게서도 잘그랑 잘그랑 실없이 붉다

> 기운 것은 모두 붉어 달도 허하게 붉다.
> ─「붉은 수수」전문

이 시의 중심적인 시어는 '붉다'와 '기울다'이다. 시인의 눈길이 수수밭에 닿았을 때, 수수의 붉은 빛은 저녁 무렵의 노을과 연결되고, 수수 이삭이 '땅으로 기울어 있는' 모습은 존재의 슬픔 또는 체념과 연결된다. 낮술 먹고 벌게진 장터 할아버지의 모

습이나 막걸리 힘으로 일하다 땅바닥에서 낮잠 든 나이든 인부의 모습이 고개 기울인 수수 이삭과 겹쳐지는 것이다.

'사는 게 뭐 별거냐'며 축 늘어진 황혼 무렵, '잘그랑 잘그랑 실없이 붉은 불알'이 주는 페이소스가, 황혼·붉은 수수·햇빛과 연결되며 완전히 가시기도 전에 떠오른 커다란 붉은 달과 어울려 우수를 불러일으킨다. 구체적인 사연이 담기지 않고 '붉다'와 '기울다'를 적절히 반복하며 수수가 리드미컬하게 바람에 흔들리는 황혼 무렵을 구성한 이 시에는 묘한 여운이 있다. 낭송해보면, 허무하면서도 가슴 짠하고, 무위자연적이며 주술적인 매력까지 느껴진다.

이와 함께 시각적인 시어의 독특한 아름다움이 돋보이는 시편 중에 「스크래치」가 있다.

아버지의 계절에는 뻐꾸기가 여러 번 산 넘기고 넘기고서야 비로소 꽃 피어났다

진득하게 살아온 생, 지게 작대기에 받쳐놓고 담배꽃으로 피어 올리면 노을은 선홍빛으로 물들고 마을은 호롱불 켜기 시작했다 밤 되면 등에서는 열병처럼 더 많은 꽃들 돋아났다 한세상 지고 온 내력 살짝만 긁어도 두견새는 꽃망울 붉게 터트렸다

별똥별도 천년을 노랗게 긁어내렸다.
—「스크래치」 전문

108

선홍, 노랑 등 색감이 화려한 이 시에서, 제목인 '스크래치'가 뭘까 고민해 본다. 회화에서 유화물감이나 크레파스를 겹쳐 바른 후 송곳이나 칼로 긁어내리는 기법을 스크래치scratch라고 하고, 표면이 예리한 것에 스쳐 흠집이 나면 '스크래치가 났다'고 한다. 현대적인 제목과 전통적인 시의 내용이 이질적으로 결합되어 있다. 지게를 지고 고된 노동을 한 아버지 등에 지게 줄에 쏠려 난 상처, 그것이 '스크래치'가 아닐까. 스크래치는 하늘을 긋고 떨어지는 별똥별이 남기는 빛이자, 아버지의 고통스러운 노동의 증거다. 마치 십자가를 지고 골고다 언덕에 오르던 예수의 등에 내리쳐지던 채찍질 자국처럼. 그리고 그 아버지의 희생의 대가로 가족에게는 최소한의 안온한 생계가 주어진다. 밤이 되어 지게를 벗은 아버지의 등의 통증은 뜨겁고, 그런 아버지들의 귀가를 환영하듯 집집마다 켜지는 호롱불빛은 따뜻하다. 이 시는 '상처'와 '치유'를 함께 담고 있다. 삶의 애환을 회화처럼 특유의 시각적 언어로 그려낸 시의 풍경이 아름답다.

이처럼 박주용 시인의 시적 표현에는 특유의 반짝임이 있다. 독자도 위의 시「스크래치」에서 '노랗게 긁어내리는 별똥별의 반짝임'을 상상을 통해 보았듯이, 시인과 함께 설레며 그 특유의 반짝임과 눈부심을 경험한다. 더 예를 들면 시「쌍둥이 별자리」도 그러하다.

발끈, 우주가 뒤꿈치 들었다 놓는다

벽지 타고 오르던 꽃들도 귀 쫑긋 세우고 위층에서 들려오는

신발 문수 가늠해 본다 깊어지는 시간만큼 자라나는 소리, 천정
에는 하모니 이루며 별들이 돋아나고 있다

　불 끄고 방바닥에 누워 밤하늘에 귀 기울여 보면 아장아장 터
치 하나로도 별 쏟아내는 아이들, 오늘은 오른쪽 뺨에 점 발랄한
하느님이 젓가락 행진곡 리드하고 있다

　눈 감아야 서로 밝아지는 것들, 시간이 우묵하게 파인 자리에
서도 층층이 꽃 밀어 올린 흔적 있어 아파트 벽에 그려진 감자
꽃은 아이 궁둥이처럼 환하다

　꽃 피는 소리 왈츠로 흐르는 밤, 천정에는 하느님들로 별자리
가 그려지고 있다.
　　─「쌍둥이 별자리」 전문

　이 시에서 독자는 시인과 함께 '귀 쫑긋 세우고 귀 기울이는'
체험을 하게 된다. 우주가 함께 귀를 기울여 아이들의 동정을 엿
듣는다. 뛰는 소리, 걷는 소리가 들린다. 불을 끄고 방바닥에 귀
를 대보면, 뭘까, 천정에서 별이 돋아나고, 꽃이 피고, 꽃 피는
소리가 들린다. 별과 꽃과 우주가 하모니를 이루어 반짝이는 모
양을 상상하다가 깨닫게 된다. 신비로운 시적 표현에 비해 너무
세속적인 해석이지만, 그렇구나, 위층에 쌍둥이 아가들이 사는
가 보구나. 점점 자라나면서 아장아장 터치하던 발걸음이 콩콩,
나중에는 쿵쿵…. 녀석들, 꽤 많이 자랐구나. 신발 문수도 꽤 커

졌겠는 걸. 아파트의 층간소음을 이렇게 너그럽고 아름답게 해석하고 표현할 수도 있구나 하는 경탄을 하게 된다.

아이들이 내는 소음이 아니라 아이들이 꿈을 안고 자라나는 소리라는 어른세대의 관용과 애정이, 생명의 탄생과 성장이라는 우주의 신비로운 의미로 확대된다. '쌍둥이 별자리'는 쌍둥이 아가들이 뛰어다니는 아파트 바닥의 흔적이자 우주가 키우는 어린 생명의 성장 과정을 보여주는 지도다.

생명에 대한 이러한 무한 애정은 작은 사물에도 차별 없이 향한다. 시「압화전을 보며」에서 시인은 꽃 누르미 작품 전시회를 돌아보고 있다. 꽃잎을 펴서 누른 채로 말려 전시하는 이 전시회는 작은 것의 아름다움을 들여다보는 마이크로의 세계다.

꽃 누르미
작품 전시 돌아보며

압화, 압화, 압화
되뇌어 보는 것인데

아파, 아파, 아파
환청 들리기도 하는 것인데

납작해진 눈들과
차마 마주치지 못하는 것인데

세상, 원근법이 사라지는 것인데.

— 「압화전을 보며」 전문

　시인은 누른꽃 즉 압화壓花 라는 말에서 '아파'라는 말을 떠올린다. 꽃을 감정이 통하는 생명이라고 생각하는 순간, 누른꽃의 아름다움보다는 납작하게 눌려버린 꽃의 신음소리를 듣게 되는 것이다. '세상, 원근법이 사라짐'은 중요한 의미를 지니고 있다. 시인이 말하고자 하는 것은 눌린 꽃에 한정되지 않을 것이다. 세상에서 우리는 '나〉내 편〉인간〉사물'이라는 원근법을 사용한다. 내 손톱 밑에 든 가시가 타인의 치명상보다 더 아픈데, 하물며 새와 동물과 물고기, 풀과 나무 같은 것들의 고통은 배려 대상이 되기 어렵다. 이것을 시인은 '원근법'이라고 부른다. 인간은 원근법을 이용하여 편리한 삶을 영위한다. 이 원근법 덕분에 인간은 산을 허물고 하천을 메꾸어 건물을 짓고, 생명 있는 것들을 도축하고 사냥하고 채집하는 식생활을 하면서도 죄책감을 가지지 않는 것이다.

　그러나 그러한 원근법이 사라지는 순간, 즉 우주 아래 생명 있는 것들과 평등하다는 생각을 가지는 순간, 눌린 꽃들과도 눈을 마주치기가 미안해진다. 사람으로 태어나 자연을 이용하며 살아가는 인간의 최소한의 양심이라고 해야 할까. 이 시에서 필자는 박주용 시인의 이번 시집의 화두가 '목숨 있는 약한 것들에 대한 애정과 연민'이라는 것을 한 번 더 확신하게 된다.

2. 쇠락해가는 것들에 대한 애정과 연민

목숨 있는 것들은 끝이 예정되어 있기에 슬프다. 연하고 착하고 아름다운 것들일수록 수명이 짧다. 그리고 사랑이 깊을수록 이별이 힘들어진다. 박주용 시인은 이번 시집에서 쇠락해가는 것에 대한 깊은 애정과 연민을 노래한다.

감정의 낮은 쪽으로 꽃은 기운다

지는 것의 몫은 습한 것이어서
꽃의 하강은 보랏빛이다

스스로를 떨구는 소리로
달무리 지는
자정 무렵

거문고도 울림통을 낮은 쪽으로 향한다.
— 「오동꽃」 전문

꽃은 낮은 쪽으로 기운다. 지는 꽃은 생의 마지막 빛깔인 보랏빛으로 물들어 있고, 달무리 지는 자정 무렵에 생명을 다한다. '낮은 쪽', '기울다', '떨구다' 같은 시어들이 여리고 아름다운 생명의 끝을 씨실과 날실로 엮듯이 구성해 보여준다. 떨어지는 것은 꽃만이 아니다. 사랑의 끝도 낮은 쪽으로 기울며 스러진다.

왠지 이 시는 생명의 스러짐과 사랑의 종말, 두 가지 의미로 읽힐 수 있을 것 같다.

'지는 것에 대한 애정과 연민'을 이 시집의 중심 주제로 잡아볼 때, 이 시집의 대표작이라고 할 만한 작품은 「멍」이 아닐까 한다.

지는 것들의 이름 불러본다

지는 것들은 멍으로 지는 것이어서 그림자도 피멍 들어 있다 멍은 스스로를 색으로 떨구어 목덜미 물린 목련은 하양 지고, 철 내내 심장 터진 철쭉은 빨강 진다 장독대 옹기종기 피어있는 작은 이끼도 하늘의 크기는 같아 파랑 진다

이름 부를 때마다 짙어지는 멍, 새기는 일보다 지우는 게 힘들 때가 있다

지는 것들은 한세상을 지우며 지는 것이어서 화장 지운 민낯에도 멍의 흔적 남아 있다 화장터 옆 오동꽃은 딸랑딸랑 보라 물결, 상여길 이팝꽃은 나풀나풀 하양 물결, 이승 지는 것들의 행렬에는 멍의 물결 흐르고 있어 손수건이 촉촉하다

지는 것들의 이름 불러보면 멍은 더욱 눈가를 맴도는 것이어서 세상은 지독하게 습하다.

— 「멍」 전문

시「멍」은 죽음을 제재로 한다. 시인은 지는 꽃에서부터 죽음에 대한 사색을 시작한다. 꽃은 지상의 생명 중 가장 화사한 것이기 때문이다. 며칠 또는 몇 시간 동안 눈부셨던 꽃은 물기가 가시기 시작하면서 멍이 들고 마침내는 땅에 떨어져 한 생을 마치게 된다. 물론 시인은 여기서 꽃에 대한 이야기만 하는 것은 아니다. 이 시에서 꽃은 태어나 존재하는 모든 생명을 상징한다. 존재의 성격은 모두 다르기에 죽음을 맞는 모습도 모두 다르다. '목련은 하양 지고, 철쭉은 빨강 지고, 이끼는 파랑 진다'.

　꽃이든, 사람이든, 나의 부모와 혈육이든 간에 죽음 앞에선 모든 존재가 평등해진다. 죽는다는 것은 의미 있는 한 생애가 사라지는 일이기에, 이 시인이 노래했듯, '지는 것들은 한세상을 지우며 지는' 것이다. 여기에 이르러 독자는 착잡해지며 많은 생각을 하게 된다. '민낯에 멍의 흔적 남아 있'다는 것은, 하나의 존재가 죽음을 맞기까지 겪은 고통스러운 과정의 흔적을 말한다. '멍'은 이 시집에서 출현빈도가 매우 높은 시어이다. '상처', '고통'의 뜻을 가지고 있는 이 '멍'은 생명 있는 것들이 죽음으로 향해 가는 과정을 상징한다.

　3연에서 장례행렬의 목적지인 화장터와 상여길 옆에서 흐드러지게 피고 지는 꽃과 아울러, 사랑하는 이와 영영 이별하는 사람들의 상처와 슬픔이 드러난다. '지는 것들의 이름을 불러보면', 시인이 노래하듯 '세상은 지독히 습한' 곳이 되는 것이다.

　상처와 죽음을 다룬 이 계열의 작품들로 시「꽃불 신호등」,「꽃신」,「봄이 접히다」,「어머니의 연못」,「할아버지와 누에」 등이 있다. 선하고 아름다운 사람들과의 인연의 끝을 노래한 이 시들은 여리고 절절하고 아름다우며, 인생이 주는 깨달음이 담겨 있다.

촉촉한 감성의 위 시들과 달리 다소 건조한 어조로 장례를 다룬 「보내기 번트」는 박주용 시인의 다른 시들과 시어의 느낌이 많이 다르다.

야구방망이 대신

꽃 한 송이 들고 들어선 빈소

촛불이 툭툭 허리 굽히며 모션 취하는 순간

코끝 찡하게 어루만지며 보내오는 감독의 사인

타석에 들어서 있는 슬픔의 볼 카운트는

투 스트라이크 쓰리 볼

문상 끝낸 사람들은 저희끼리 모여

베이스에 진루해 있는

주자의 트레이드 설에 대해 이야기하고 있고

삼루쯤에서 홈으로 내달릴 준비하는

영정 속 사내 주위로

국화꽃 흐드러지게 피어나고 있는 찰나

지상의 마지막 호흡을 모아

번트를 댄다

사람 보내는 일, 사람이 하는 일이었다.

— 「보내기 번트」 전문

장례식장에는 가족과 친족, 그리고 직장과 거래처 사람들 등

고인과 여러 갈래의 인연으로 만난 사람들이 모인다. 고인과의 감정적 거리가 저마다 다르기 마련이기에 애절하게 우는 사람이 있는가 하면 봉투를 전달하는 책무를 마치고 홀가분해진 사람도 있다. 야구 게임과 장례 의식을 나란히 놓은 이 시는 객관적 시점에서 바라본 고인과의 이별을 그렸다. 그렇다고 해서 이 시가 죽음을 희화적으로 다룬 것은 아니다. 고인은 생리적으로는 죽음이 선고되었지만 사회적으로는 아직 죽은 것이 아니다. 장례식장에 그를 알던 사람들이 모여서 그와의 여러 추억을 회고하면서 이별을 완성했을 때, 즉 고인을 저 세상으로 고이 보내주었을 때 죽음이 완성된다. 장례란 결국 '사람이 하는, 사람을 보내는 일'이라는 것이다. 죽음에 대한 이러한 해석에서는 일종의 철학적 여유가 풍긴다. 삶과 죽음에 대해 잘 알게 된 나이의 연륜 있는 사람에게만 허락되는 여유라고 할까.

그리하여 마침내 시 「묵묘」에 이르면, 시인은 죽음을 생명의 종말이 아니라, 그 자체로 완성된 우주의 한 존재라고 해석하게 된다.

알몸은 봉긋했던 봉분에 밋밋한 평지 하나 얹기까지 수억의 구름 삼켰을 터, 절정의 끝자락에 잠자리 한 마리 평온하게 올리기까지 수만의 소지 올렸을 터

자작나무 등걸도 스스로의 생각 주저앉히고 흘러내려 시나브로 이승 지고 있다

주저앉은 것들, 시간에 깎이고 다듬어져 모난 것이 없다 흘
러내린 것들, 열두 구비의 생각도 모자라 웅덩이 파놓고 동안
거 들고 있다

얼마나 둥근 묵언 수행이기에 가시나무도 저렇게 고요할 수
있을까

쉿, 우주의 꽃봉오리 열반 중이다.
  ―「묵묘」 전문

 '묵묘'란 오래 관리가 되지 않아 둔덕인지 무덤인지도 구별이
잘 안 되는 상태가 된 무덤을 말한다. 봉긋했던 봉분이 평지에
가까워지기까지 오랜 세월이 지나갔다. 그 안에 누운 알몸의 사
람은 이미 골격도 정념도 다 사라져버린 상태가 되었을 것이다.
버려지고 잊혀진 무덤이라고 생각하면 안쓰럽지만, 박주용 시
인은 이 묵묘를 다르게 해석한다. 수십 수백 년의 '묵언수행'을
거친 수행자인 무덤의 주인은 누구의 자식, 누구의 어버이, 어디
의 누구라는 모든 제한을 넘어서서, '우주의 꽃봉오리로 열반에
든' 초월적 존재가 되었다는 것이다.
 이렇게 생각해 보면 어버이와 자식, 사랑으로 맺어진 인연들
과 그 인연의 끊어짐으로 인한 비탄, 아름답고 여린 생명을 가진
것들이 멍들고 시들고 죽어가는 것을 보는 애달픔 같은 삶의 고
통도, 우주의 정상적인 순환의 한 부분으로 여기고 의연해질 수
있을 것 같다.

여기까지 철학적 사색을 계속해 온 시인은 마침내 생에 대한 다음과 같은 태도에 도달하게 된다.

시퍼렇게 멍들어도 어쩔 거여 허옇게 살아야지

장다리꽃, 시리다.
　—「내 삶에 무꽃이 피었다 하여 텃밭에 나가보니」 전문

1행짜리 2연으로 이루어진 이 짧은 시에 시인이 하려고 하는 말이 요약되어 있는 듯하다. '시퍼렇게 멍드는 삶이 계속되더라도 허옇게 살아내야 한다'는 말이다. 차가운 밭에서 노랗게 피어나는 장다리꽃이 햇볕 아래 시리도록 빛나 보이는 것은 그러한 삶의 긍정적인 의지를 보여주기 때문이다. 고통스러워도, 죽음이 예비 되어 있어도, 현재의 삶에서 강렬하게 살아내는 것이 생의 목적이 되어야 한다. 이것이 생에 대한 박주용 시인의 인식인 것 같다.

3. 사람들 속에서 더불어 사는 삶

산책하며 마주치는 풍경들 속에서 자연의 신비로운 색감과 의미를 찾아내고, 여린 것들이 멍들고 사라지는 것을 지켜보며 삶과 죽음의 의미를 찾아낸 시인은, 마침내 사람들과 살 부대끼며 살아가는 공동체적 삶에 주목하게 된다. 이 계열의 대표작이라 생각되는 시「청산 장터」에는 함께 어우러져 살아가는 삶에 대한

무한한 긍정이 들어 있다.

사람과 사람이 만나 서로를 여는 곳
저잣거리에는 이야기가 자잘하게 피는 것이어서
돌 틈 삐져나온 질경이도 슬며시 귀를 연다
내가 열려 네가 열리고, 네가 열려 내가 열리는
난전의 오일장에서는
꼬깃꼬깃 쌈짓돈도 빳빳하게 열리는 것이어서
튀밥 튀기는 소리가 삼천 원에 열리고
고등어의 등 푸른 바다가 오천 원에 열린다
패스트푸드점이 마주 보이는 자리에서도
산밭치 지켜온
쑥갓이며, 달래며, 씀바귀며, 이름 낮은 것들이
쪼그리고 앉아 이천 원에 열리고
침침하게 포장된 비닐 속에 종일 앉아
저를 맘껏 벌리고 마늘 까는
저 곰 같은 여자도 하루가 구천 원에 열린다
연다는 것은 서로가 흥정인 것이어서
내 마음 열지 않으면 네 마음 열리지 않고
네 마음 열지 않으면 내 마음 열리지 않는다
생선국수 한 그릇으로도 구수하게 만나
보청천 고운 물줄기로 정 나누는 청산장은
사람이 사람을 탁발하는 곳이어서
하루치의 저녁놀도 수수하다.

― 「청산 장터」 전문

시인은 장터란 사람과 사람이 만나 서로를 여는 곳이라 한다. 그러고 보면 장이 '열린다'라고 하는 말의 어원이 거기서 온 것 같기도 하다. 물론 장터에서는 돈이라는 매개체가 있어야 물건도 살 수 있고 먹을거리도 대접받을 수 있다. 하지만 그건 야박한 것이 아니라고 시인은 말한다. "연다는 것은 서로가 흥정인 것이어서 / 내 마음 열지 않으면 네 마음 열리지 않고 / 네 마음 열지 않으면 내 마음 열리지 않는다"는 것이다. 그렇다. 상대방이 얼마만큼 여는 가에 따라 내 마음 또한 그만큼 열린다고 할 수 있겠다. 이것은 오랜 경험에 의해 결정된 합리적인 사회적 약속이며 삶의 지혜다. 열지 않으면 마음이든 물질이든 나눌 수 없는데, 나의 기대에 비해 너무 적게 열리면 서운하고 너무 많이 열리면 부담스러울 수 있는 것이 사람과 사람의 관계다.

장터는 적당하다 또는 다소 싸다는 느낌의 가격으로 물건들이 열리는 곳이다. 그래서 주머니가 가벼운 사람도 걱정 없이 좋은 고객이 될 수 있다. 고등어, 튀밥, 나물, 깐마늘을 사고, 생선국수 한 그릇으로 만족스러운 식사를 하는 곳이다. 대형 마트는 십수 년을 이용해도 모두 낯선 이들이지만, 장에서는 한두 번 물건을 사면 눈썰미 있는 상인의 단골이 되어 반가운 미소를 나눌 수 있고, 넉넉한 덤도 받을 수 있다. 그래서 장은 '사람이 사람을 탁발하는 곳'이라는 시인의 말에 고개를 끄덕이게 된다. 장은 사람과 사람이 필요한 물건과 함께 사람다운 정을 나누는 곳이기 때문이다.

아무튼, 이 시를 읽으니 시인이 사랑하는 청산 장터가 손에 잡힐 듯 눈에 선하다. 몹시 가보고 싶어진다.

이와 함께 지상에 함께 살고 있는 이웃들에 대한 자상한 관심이 드러나는 시편들이 마음에 와닿는다. 시 「무릎을 굽다」는 군고구마 굽는 할아버지의 삶을 깊숙이 들여다보게 한다.

장작불 지펴 군고구마 굽고 있는
저 할아버지, 무릎 굽고 있는 게야
평생 쪼그리고 앉아 고구마 캐다 보니
도가니 절단난 것도 몰랐던 게야
통증에 좋다는 그 신통한 신신파스 달고 살아도
삭신 쑤시기는 마찬가지여서
겨울만 되면 인적 드문 거리로 나와
벌겋게 무릎 굽는 게야
장작불 실하게 지펴놓고 드럼통 달구면
무릎도 덩달아 폭신하게 익는 것이어서
하늘에서는 눈도 따뜻하게 내리는 게야
— 「무릎을 굽다」 부분

젊은 시절 고된 노동으로 무릎을 못 쓰게 된 할아버지가 한겨울 거리에 드럼통을 내놓고 장작불을 피워 군고구마를 굽고 있다. 추위에 곱은 손에 입김을 불고 군고구마통에 아픈 무릎을 덥히며 그래도 비관하지 않고 단돈 몇 푼의 소일거리를 정직하게 이어간다. 일상적인 거리의 풍경에서 동시대를 함께 살아가는 이웃의 사연을 진지하게 들여다보는 시인의 마음이 따뜻하다.

　시「팥죽을 먹으며」도 그러하다. 시인은 장터 팥죽집에서 팥죽을 먹고 있는 것 같다. 급한 허기가 가시자, 뜨거운 불 앞에서 땀을 흘리며 팥죽 쑤는 여인에게 눈길이 멈춘다.

> 　팥죽 쑤는 저 여자
>
> 　놋쇠 대접 같은 누런 주름 보니 알겠다
>
> 　산비탈 돌아 굽은 밭고랑 일구며
>
> 　한평생 오금 저리도록 허리 펴지 못한 채
>
> 　사타구니 짓무르는지도 모르고
>
> 　꽃 피어오를 때까지
>
> 　꼬투리 실하게 익을 때까지
>
> 　두둑이 북도 주고
>
> 　한여름 내내 햇살과 바람으로 서성였음 알겠다
>
> 　— 「팥죽을 먹으며」 부분

　나이가 들면 자기 얼굴에 책임을 져야 한다고 했다. 강한 햇볕 밑에서 평생 밭일하고 논일하여 두꺼워진 피부의 주름과 너무 많이 써서 구부러진 관절들…. 가족의 생계와 생활을 위해 바친 숱한 노동들. 잘 영근 팥알로 정성들여 쑨 맛있고 뜨끈한 한 그릇의 팥죽을 손님 앞에 올려준, 저 아지매가 걸어온 헌신의 생애가 시인의 눈에 보인다. 그래서 시인은 "저 여자의 한평생을 뚝딱 비우면서/ 나의 한 그릇은 얼마나 가벼운 것이었느냐"고 돌이켜보는 반성의 독백을 한다.

시「고백」은 짧지만 매우 흥미롭다.

지금 사 야그지만
임자 가던 해 말유

그해 고추가 젤 매웠지 뭐유.
—「고백」전문

한 아주머니(또는 할머니) 화자가 세상 뜬 남편에게 말을 건넨
다. 지금에서야 하는 이야기지만 임자가 세상 뜨던 그해, 그해
고추가 제일 매웠다는 것이다. 그냥 남편 세상 뜬 그해에 고추가
참 매웠지 라는 기억뿐이라면 별 의미는 없을 것 같은데, 하필
이 시의 제목이 '고백'이다. 죽은 남편에게 왜 그걸 고백까지 해
야 하는 걸까 하는 궁금증이 생긴다. 이 고백에 어떤 행간의 의
미가 있다면 그건 무엇일까. 많은 다양한 상상이 허용될 것 같아
재미있다. 누군가에게 깊은 궁금증을 품는 것은 그만큼 그 사람
에게 관심이 있기 때문이다. 화자는 함께 살던 임자와 이별할 당
시에는 경황이 없었을 것이다. 마음을 추스른 후일에 와서야 속
내를 드러낸다. 한 생을 더불어 살던 임자와 사별하던 그해가 가
장 슬펐다는 것이다.
　삶에 대한 이런저런 산책을 한 시인은 마침내 이 해설에서 다
루고자 한 마지막 시에 다다른다.「상생」이다.

나무는 둥지 품고, 둥지는 새 품고, 새는 알 품고, 알은 우주

품고, 우주는 나 품고, 나는 똥 품고, 똥은 씨 품고, 씨는 나무 품
고, 나무는 시 품고……

숲에 들어가니 다람쥐가 땅속에 도토리 묻고 있다 식량으로
쓸 요량이다 겨우내 찾아내지 못한 도토리는 내년 봄에 싹으로
돋아나겠다

숲이 울창해서 시도 푸르겠다.
— 「상생」 전문

약하고 여린 것들에게 가해지는 폭력을 거부하고 자연 속에서
는 모든 생명이 동등하다고 생각하는 박주용 시인이 도달한 결론
은 함께 살아가기, 즉 상생相生이다. 상생은 약육강식의 세상에서
거의 유일하게 통하는 원만한 해결책이다. 우주와 지구가, 자연과
인간이, 나와 사물이 이로운 것을 서로 주고받으며 산다는 것이다.

자연의 신비로운 아름다움을 특유의 섬세하고 치밀한 감각으
로 잡아내고, 멍들고 사라져가는 여리고 선한 생명에 감응하며,
소박한 사람들과 함께 나누는 삶을 꿈꾸는 것, 이것이 박주용 시
인이 이번 시집『지는 것들의 이름 불러보면』을 통해 이루어낸
성과이며 세계관이다. 때로 다람쥐처럼 추운 겨울을 위해 묻어
놓은 도토리의 위치를 잃어버리더라도, 그 도토리는 내년 봄에
참나무로 돋아날 것이라고 시인은 믿는다. 이렇게 울창해지는
숲에서 시인의 시도 푸르게 번성하기를 기대한다.

박주용 시집

지는 것들의 이름 불러보면

발　　행 2020년 5월 19일
지 은 이 박주용
펴 낸 이 반송림
편집디자인 김지호
펴 낸 곳 도서출판 지혜 · 계간시전문지 애지
기획위원 반경환 이형권
주　　소 34624 대전광역시 동구 태전로 57, 2층 도서출판 지혜 (삼성동)
전　　화 042-625-1140
팩　　스 042-627-1140
전자우편 ejisarang@hanmail.net
애지카페 cafe.daum.net/ejiliterature

ISBN : 979-11-5728-398-9 03810
값 10,000원

* 본 도서는 충청남도, 충남문화재단의 후원으로 발간되었습니다.

박주용

박주용 시인은 충북 옥천 청산에서 출생했고, 충남대 국어국문학과와 건양대 교육대학원을 졸업했다. 2014년 《매일신문》 신춘문예로 등단(시 부문)했고, 시집으로는 시집 『점자, 그녀가 환하다』가 있다. 현재 화요문학 동인, 시산맥 특별회원, 계룡문인협회 회원으로 활동하고 있다.

"지는 것들은 멍으로 지는 것이어서 그림자도 피멍 들어 있다", "이름 부를 때마다 짙어지는 멍, 새기는 일보다 지우는 게 힘들 때가 많다", "시퍼렇게 멍들어도 어쩔 거여 허옇게 살아야지"라는 박주용 시인은 '멍의 시인'이며, 그의 두번째 시집인 『지는 것들의 이름 불러보면』은 '멍의 사회학'을 서정적인 아름다움으로 노래한다. 삶은 멍이고, 상처이다. "장다리꽃 시리고", "쉿, 우주의 꽃봉우리 열반 중이다."

이메일: pjy841@hanmail.net